FICHE DE LECTURE

Document rédigé par Nadège Nicolas
maitre en langues et littératures françaises et romanes
(Université catholique de Louvain)

Désert

J.M.G. Le Clézio

lePetitLittéraire.fr

J.M.G. Le Clézio
Romancier et nouvelliste français

- **Né en 1940 à Nice**
- **Quelques-unes de ses œuvres :**
  Le Procès-verbal (1963), roman
  Désert (1980), roman
  Ritournelle de la faim (2008), roman

Jean-Marie Gustave Le Clézio est né à Nice en avril 1940, d'un père britannique et d'une mère anglaise, tous deux d'origine mauricienne. Les premières années de sa vie sont marquées non seulement par la guerre, mais également par l'absence de son père – médecin en Afrique – qu'il ne rencontre qu'à l'âge de 7 ans lorsqu'il part le rejoindre. Ce voyage est fondateur dans la vie de l'auteur, tout comme ses séjours chez les Amérindiens, au Panamá, entre 1970 et 1974.

En 1963, il reçoit le prix Renaudot pour son premier roman, *Le Procès-verbal*. C'est le premier d'une longue série d'ouvrages allant du roman à la nouvelle, en passant par l'essai ou encore le conte. En 2008, il reçoit le prix Nobel de littérature.

Désert
L'homme entre l'Occident et le monde arabe

- **Genre :** roman
- **Édition de référence :** *Désert*, Paris, Gallimard, 1980, 418 p.
- **1re édition :** 1980
- **Thématiques :** nature, guerre, argent, place de la femme, immigration, pauvreté, solitude

À la suite de son séjour au Panamá, Le Clézio connait une évolution profonde qui se manifeste également dans son écriture. Celle-ci, jusqu'alors opaque et complexe, devient plus apaisée et accessible. *Désert*, publié en 1980, symbolise cette reconnaissance conjointe du monde littéraire et du grand public. Le roman mêle les récits de deux adolescents du désert – Nour et Lalla – à quelques dizaines d'années d'intervalle, en incitant à la réflexion quant au rapport de l'homme au monde qui l'entoure et à ses semblables.

RÉSUMÉ

Désert alterne les histoires de Nour et de Lalla sur une période d'environ deux ans, allant de 1910 à 1912 : l'histoire de Nour se déroule au début du XXe siècle, celle de Lalla est contemporaine à la sortie du livre, soit le début des années quatre-vingt. Dans le roman, les chapitres consacrés à Nour sont marqués typographiquement par un retrait du texte.

NOUR

Le roman s'ouvre sur les silhouettes d'une caravane de nomades sahariens. Parmi ceux-ci se trouve un adolescent prénommé Nour, le fils du guide. Le groupe se rend à Smara, la ville de Ma el Aïnine, un cheikh (homme respecté pour son grand âge ou ses connaissances) charismatique. D'ailleurs, de nombreux autres voyageurs suivent. Ils se rejoignent tous dans la ville pour discuter de la manière de contrer l'invasion des chrétiens (français et espagnols) qui les menacent. De nuit, une assemblée de guerriers se réunit autour du cheikh. Nour y assiste, anonyme, mais le cheikh le remarque. Quelques jours plus tard, il retourne au lieu de réunion et y rencontre Ma el Aïnine. Nour dévoile au grand cheikh qu'il est, par sa mère, de la lignée du grand Al Azraq, « l'Homme Bleu », le maitre de Ma el Aïnine.

Sous l'autorité de Ma el Aïnine et de ses fils, les nomades se dirigent ensuite vers le nord. Sur le chemin, le groupe s'agrandit. Nour prend peu à peu conscience de la loi du désert : les plus forts survivent, tandis que les faibles meurent sur le bord du chemin. Il rencontre un guerrier de Chinguetti devenu aveugle lors d'une bataille avec les chrétiens et qui espère recouvrer la vue grâce au cheikh. Nour lui propose son aide et le guide.

Le général Moinier commande les troupes chargées d'affronter les rebelles de Ma el Aïnine. Celui-ci est décrit comme le plus grand adversaire des chrétiens et comme l'assassin d'un gouverneur nommé Coppolani. Le 21 juin, le bataillon part en quête de l'armée de Ma el Aïnine. S'ensuit une véritable tuerie au cours de laquelle le guerrier aveugle perd la vie.

Quelques jours plus tard, les fils de Ma el Aïnine fuient tandis que le cheikh est mourant. Le vent annonce le malheur à venir. Lorsqu'il cesse, l'angoisse est plus prégnante encore. Nour, instinctivement, se rend chez son chef qu'il accompagne vers la mort. Une partie des survivants de la caravane continue alors la route vers le nord. Nour les accompagne alors que sa famille a repris le chemin du sud. Les nomades attendent le retour de Moulay Hiba, le Lion, fils de Ma el Aïnine, qui finit par les rejoindre. Mais le groupe est attaqué par les troupes chrétiennes qui le déciment. Nour repart alors vers le sud avec les survivants.

LALLA

Lalla, une adolescente de 15 ou 16 ans, mène une vie heureuse entre ses errances dans les dunes avec Le Hartani, les histoires du vieux pêcheur Naman, les mouettes qu'elle imagine Princes du désert, et Es Ser, le « Secret », une présence désincarnée et protectrice qui l'accompagne. Mais Lalla n'est plus une petite fille et la désagréable réalité des adultes la rattrape. D'abord, sa tante Aamma chez qui elle vit à la Cité l'emmène dans l'atelier de couture de la vieille Zara pour lui trouver du travail. Cependant, Lalla, ne supportant pas les manières brutales de sa patronne qui violente ses employées, se révolte et quitte l'atelier. Ensuite, un homme vient la demander en mariage, mais Lalla refuse cette union arrangée. Enfin, le vieux Naman meurt. Ce dernier évènement et la peur d'un mariage forcé marquent réellement la fin du bonheur. Lalla fuit alors avec Le Hartani, qu'elle a décidé de prendre pour mari. Ils partent ensemble vers le sud mais, rapidement, Lalla montre des signes de faiblesse et ne peut plus avancer.

On la retrouve quelque temps plus tard sur un bateau de la Croix-Rouge, en route pour Marseille où elle va retrouver Aamma. Elle y découvre la peur, le bruit, la grisaille, les voitures, les immeubles, la foule, et se rend compte à quel point la ville rend les gens invisibles. Personne ne la voit, mais elle observe tout. Elle rencontre Radicz, un mendiant de 14 ans avec lequel elle se lie d'amitié. Ce dernier est un professionnel : sa mère l'a vendu à un homme qui l'a formé à la mendicité et au vol.

Lalla devient femme de ménage dans un hôtel où elle finit par s'installer. Elle cache à son patron qu'elle est enceinte et, le soir, elle s'échappe en pensant au Hartani dont elle porte l'enfant et au regard protecteur d'Es Ser. L'établissement se situe au-dessus d'une entreprise de pompes funèbres ; c'est ainsi qu'elle apprend la mort d'un homme vivant dans le quartier de sa tante. Celui-ci lui rappelait Naman et son décès est un choc pour la jeune fille. Elle quitte l'hôtel, entrainant Radicz dans un grand magasin et au restaurant afin de dépenser ses économies : l'argent n'a pas de valeur pour elle.

Au restaurant, elle est accostée par un photographe. Elle s'installe chez lui et devient une star des magazines sous le nom de sa mère, Hawa. Elle le prévient cependant qu'elle risque de partir du jour au lendemain sans le prévenir. Ne sachant ni lire ni écrire, elle trace en guise d'autographe le dessin de sa tribu. Après avoir assisté à la mort brutale de Radicz, percuté par un bus lors d'une course-poursuite avec des policiers, Lalla décide de rentrer au désert. Après des semaines de train, de bateau et d'autocar, elle rejoint la Cité. Cependant, elle n'y entre pas, mais se dirige vers l'endroit où vivait Naman. Elle y passe la nuit et, à son réveil, comprend que le moment de la naissance est arrivé. Comme sa mère avant elle, elle effectue les gestes ancestraux, s'accrochant à la branche d'un arbre pour mettre au monde son enfant, seule. Elle perpétue ainsi le cycle de la vie.

ÉTUDE DES PERSONNAGES

NOUR

Nour est un adolescent, nomade, descendant par sa mère de l'Homme Bleu, Al Azraq. Il rejoint avec son père et toute leur tribu la ville de Smara pour rallier les troupes de Ma el Aïnine et échapper à l'invasion des chrétiens. Avec la caravane du cheikh, il prend la route du nord. Tout au long de ce périple, Nour découvre la réalité du désert et la cruauté des hommes occidentaux dont la soif de possession les mène à décimer les peuples nomades qu'ils jugent impies.

LALLA

Lalla est une adolescente, descendante de l'Homme bleu et de Nour. Orpheline, elle vit chez sa tante Aamma. Elle connait le bonheur parfait d'une vie libre et en harmonie avec la nature, jusqu'à ce qu'elle atteigne l'âge de travailler et de se marier. Lalla fuit alors la Cité avec Le Hartani, mais elle est trop faible. Elle est recueillie par la Croix-Rouge et émigre à Marseille où elle découvre le monde occidental. Mais Lalla, qui a le sang des nomades sahariens dans les veines et le gène de l'errance, finit par retourner au désert où elle met au monde l'enfant du Hartani.

LE HARTANI

Le Hartani est un jeune berger noir et muet, ami de Lalla et père de son enfant. Personne ne sait d'où il vient, mais sa couleur de peau laisse supposer qu'il est originaire du sud. Alors qu'il était bébé, un homme bleu l'a déposé près du puits de la Cité et la femme du chevrier l'a recueilli. Sa couleur de peau et le fait qu'il ne parle pas sont des sources de superstition pour les habitants qui voient d'un mauvais œil son amitié avec Lalla.

NAAMAN

Naaman est un vieux pêcheur conteur qui raconte des histoires à Lalla et lui décrit la ville de Marseille où il a vécu et où son frère réside encore.

RADICZ

Radicz est un mendiant de 14 ans avec lequel Lalla se lie d'amitié. Il est le pendant occidental du Hartani. Enfant, il fut vendu par sa mère à un homme sans scrupules. Il meurt percuté par un bus lors d'une course-poursuite avec la police.

MA EL AÏNINE

Personnage historique, Ma el Aïnine, qui signifie « l'Eau des yeux », est un cheikh considéré comme un homme saint par les tribus du désert et comme un fanatique religieux par les chrétiens occidentaux. Il a reçu l'enseignement d'Al Azraq, l'Homme bleu, et a fondé, d'après les prédictions de celui-ci, la ville de Smara. C'est vers lui que se tournent les nomades pour les protéger de la menace chrétienne.

ES SER – AL AZRAQ – L'HOMME BLEU

Originaire du sud, Al Azraq faisait partie de la tribu de l'arrière-grand-mère de Lalla et était l'oncle maternel de la grand-mère de Nour. C'était un guerrier du désert, mais il fut appelé par Dieu et devint un saint. À partir de ce jour, il quitta son statut de guerrier pour celui de mendiant. Cependant, Dieu laissa à sa peau la couleur bleue de ses anciens vêtements – d'où son surnom « l'Homme bleu » – afin que tout le monde sache qu'il n'était pas un mendiant ordinaire. Al Azraq est également mentionné dans le livre sous le nom d'Es Ser, signifiant « le Secret », le regard protecteur ressenti par Lalla.

CLÉS DE LECTURE

UN RÉCIT HISTORIQUE ET ROMANESQUE

Désert est d'abord un roman historique, car Le Clézio se base en partie sur des faits et des personnages avérés. Ceux-ci sont d'ailleurs situés temporellement et géographiquement de manière précise :

- Ma el Aïnine est un cheikh saharien qui a vécu de la fin du XIXe siècle au début du XXe siècle et qui s'est opposé aux colonisateurs occidentaux en lançant un appel à la guerre sainte. Il est le fondateur de la ville de Smara. Il est soupçonné d'être à l'origine de l'assassinat du commissaire français de Mauritanie, Xavier Coppolani, en 1905. Il meurt le 23 octobre 1910 à Tiznit, comme dans le roman ;
- le général Moinier est le général à la tête de l'armée française. Il a réellement mené la bataille de l'Oued Tadla qui a décimé des milliers de Marocains et a mis un terme aux velléités du cheikh ;
- Camille Douls est le premier explorateur occidental à rencontrer le cheikh Ma el Aïnine en 1887 ;
- le 30 mars 1912 à Agadir est la date d'un évènement déterminant dans l'histoire du Maroc puisque le sultan se voit obligé d'accepter un traité de protectorat accordant à l'Espagne une zone d'influence.

Mais l'œuvre de Le Clézio est aussi un récit romanesque car si certains chapitres sont basés sur des faits historiques, la plus grande partie de l'histoire relève de la fiction et provient uniquement de l'imagination de l'auteur.

LE RAPPORT DE L'HOMME AU MONDE : OPPOSITION ENTRE OCCIDENT ET MONDE ARABE

Le rapport à la nature

Les peuples du désert vivent en harmonie avec la nature : Nour et Lalla sont sensibles aux éléments. Le vent est l'un des plus significatifs dans le roman, qu'il soit un présage positif ou négatif. Par exemple, son arrêt brutal annonce le décès de Ma el Aïnine. Nour, Lalla et leurs compagnons ont aussi un rapport très charnel à la nature : ils aiment sentir le vent ou le soleil sur leur peau et Lalla, lorsqu'elle rentre à la Cité, ôte ses chaussures pour sentir le sable sous ses pieds. Le désert est vu comme un espace totalement ouvert et lumineux, ainsi que silencieux.

Les Occidentaux évoluent dans des villes grises où l'espace est saturé par les immeubles et les bruits en tous genres : voitures, langues de tous les pays qui s'entremêlent, etc. Les habitants des villes sont invisibles et ne voient pas ceux qui les entourent. Ils sont également coupés des éléments vitaux, qu'ils ne remarquent plus. Ils sont éteints.

Le rapport à l'argent

Pour les nomades et leurs descendants de la Cité, la possession n'est pas un but: le désert n'appartient à personne, sauf à Dieu. Les hommes y sont de passage et n'ont pas à en revendiquer la propriété. Quant à Lalla, l'argent n'a aucune valeur pour elle: soit elle le dépense aussi vite qu'elle l'a gagné, soit elle le refuse ou n'accepte que ce dont elle a réellement besoin pour vivre.

Les Occidentaux sont obnubilés par la soif de conquête, et l'argent est leur dieu. Les colonisateurs se partagent le désert et les pays d'Afrique sans se préoccuper des tribus qui les peuplent. Par ailleurs, à Marseille, les pauvres se voient obligés de voler pour pouvoir survivre. Ce sont toujours les plus faibles qui succombent: les hommes de Ma el Aïnine sont exterminés par les chrétiens tandis que Radicz meurt poursuivi par la police.

DES SUJETS DE SOCIÉTÉ

Désert traite de nombreux sujets de société cruciaux.

La place de la femme dans le monde arabe

Dans le récit consacré à la guerre sainte, la femme n'est quasiment pas évoquée. La place prédominante est donnée à l'homme: le guerrier, le chef de tribu. Les rares allusions féminines renvoient en général aux mères.

Dans la partie contemporaine, l'accent est en revanche mis sur les femmes, mais leur place ne semble pas pour autant avoir évolué. Cependant, le contexte n'est plus le même et un certain désir d'émancipation se fait jour chez Lalla : elle refuse l'avenir tout tracé qu'on lui construit ; elle se révolte contre les conditions de travail qu'on lui impose ; elle refuse le mariage forcé à un riche parti dont elle ne connait rien. Lalla prend son destin en main en choisissant elle-même Le Hartani comme mari et, ne pouvant continuer la route, elle poursuit ses rêves d'enfant en émigrant à Marseille. Toutefois, la tradition et l'instinct sont les plus forts : elle rentre au désert pour mettre son enfant au monde. Son émancipation n'est donc que de courte durée, même si l'on peut imaginer que Lalla a un destin particulier puisqu'elle se retrouve seule, sans famille, avec un enfant à élever.

L'immigration

Désert aborde la question de l'immigration à travers l'exil de Lalla et d'Aamma. L'Occident est perçu par les habitants de la Cité comme un Eldorado. Les histoires du vieux Naman ne sont pas étrangères à ces croyances. Mais le roman montre à quel point la réalité est tout autre une fois sur place : les émigrants sont traités comme du bétail, transportés par bateau, parqués à l'arrivée, interrogés, etc. De plus, la richesse espérée n'est pas au rendez-vous et les villes aux néons lumineux sont en réalité grises et impersonnelles

L'extrême pauvreté

Les chapitres situés dans la ville de Marseille se penchent tout particulièrement sur les marginaux vivant dans une extrême précarité, les exclus de la société. Ils sont représentés par les migrants regroupés dans une sorte de quartier ghetto (Le Panier), par les locataires de l'hôtel Sainte-Blanche où travaille Lalla et, surtout, par Radicz, représentant de la mendicité organisée.

PISTES DE RÉFLEXION

QUELQUES QUESTIONS POUR APPROFONDIR SA RÉFLEXION…

- Expliquez pourquoi la première partie du roman est intitulée « Le bonheur » ?
- Quel(s) rôle(s) jouent les éléments dans la vie des hommes du désert ? Expliquez votre réponse en vous basant sur la fonction du vent, en particulier. Illustrez votre réflexion par des passages pertinents.
- Comment pouvez-vous décrire la place de la femme dans la société arabe d'après les deux récits ? Remarquez-vous une évolution ?
- Décrivez et comparez les personnages du Hartani et de Radicz.
- Les deux récits, consacrés à Nour et à Lalla, racontent l'histoire d'une fuite. Quelles similitudes et quelles différences caractérisent ces deux exils ?
- Expliquez et comparez la manière dont est perçu l'Occident par les peuples arabes au début du XXe siècle et à l'aube des années 1980.
- Les récits se déroulent en partie dans le désert et en partie à Marseille. Comment sont décrits ces deux espaces ?

- Ma el Aïnine est considéré par les siens comme un homme saint et par les Occidentaux comme un fanatique religieux. En vous basant sur le roman, quels liens pouvez-vous établir avec des évènements et des personnalités de notre monde actuel ?
- Expliquez qui est Al Azraq et ses liens avec les différents personnages : Ma el Aïnine, Nour et Lalla.

POUR ALLER PLUS LOIN

ÉDITION DE RÉFÉRENCE

- Le Clézio J.M.G., *Désert*, Paris, Gallimard, 1980.

SUR LEPETITLITTÉRAIRE.FR

- Fiche de lecture sur *Mondo* de Jean-Marie Gustave Le Clézio

Retrouvez notre offre complète sur lePetitLittéraire.fr

- des fiches de lectures
- des commentaires littéraires
- des questionnaires de lecture
- des résumés

Anouilh
- Antigone

Austen
- Orgueil et Préjugés

Balzac
- Eugénie Grandet
- Le Père Goriot
- Illusions perdues

Barjavel
- La Nuit des temps

Beaumarchais
- Le Mariage de Figaro

Beckett
- En attendant Godot

Breton
- Nadja

Camus
- La Peste
- Les Justes
- L'Étranger

Carrère
- Limonov

Céline
- Voyage au bout de la nuit

Cervantès
- Don Quichotte de la Manche

Chateaubriand
- Mémoires d'outre-tombe

Choderlos de Laclos
- Les Liaisons dangereuses

Chrétien de Troyes
- Yvain ou le Chevalier au lion

Christie
- Dix Petits Nègres

Claudel
- La Petite Fille de Monsieur Linh
- Le Rapport de Brodeck

Coelho
- L'Alchimiste

Conan Doyle
- Le Chien des Baskerville

Dai Sijie
- Balzac et la Petite Tailleuse chinoise

De Gaulle
- Mémoires de guerre III. Le Salut. 1944-1946

De Vigan
- No et moi

Dicker
- La Vérité sur l'affaire Harry Quebert

Diderot
- Supplément au Voyage de Bougainville

Dumas
- Les Trois Mousquetaires

Énard
- Parlez-leur de batailles, de rois et d'éléphants

Ferrari
- Le Sermon sur la chute de Rome

Flaubert
- Madame Bovary

Frank
- Journal d'Anne Frank

Fred Vargas
- Pars vite et reviens tard

Gary
- La Vie devant soi

Gaudé
- La Mort du roi Tsongor
- Le Soleil des Scorta

Gautier
- La Morte amoureuse
- Le Capitaine Fracasse

Gavalda
- 35 kilos d'espoir

Gide
- Les Faux-Monnayeurs

Giono
- Le Grand Troupeau
- Le Hussard sur le toit

Giraudoux
- La guerre de Troie n'aura pas lieu

Golding
- Sa Majesté des Mouches

Grimbert
- Un secret

Hemingway
- Le Vieil Homme et la Mer

Hessel
- Indignez-vous !

Homère
- L'Odyssée

Hugo
- Le Dernier Jour d'un condamné
- Les Misérables
- Notre-Dame de Paris

Huxley
- Le Meilleur des mondes

Ionesco
- Rhinocéros
- La Cantatrice chauve

Jary
- Ubu roi

Jenni
- L'Art français de la guerre

Joffo
- Un sac de billes

Kafka
- La Métamorphose

Kerouac
- Sur la route

Kessel
- Le Lion

Larsson
- Millenium I. Les hommes qui n'aimaient pas les femmes

Le Clézio
- Mondo

Levi
- Si c'est un homme

Levy
- Et si c'était vrai...

Maalouf
- Léon l'Africain

Malraux
- La Condition humaine

Marivaux
- La Double Inconstance
- Le Jeu de l'amour et du hasard

Martinez
- Du domaine des murmures

Maupassant
- Boule de suif
- Le Horla
- Une vie

Mauriac
- Le Nœud de vipères

Mauriac
- Le Sagouin

Mérimée
- Tamango
- Colomba

Merle
- La mort est mon métier

Molière
- Le Misanthrope
- L'Avare
- Le Bourgeois gentilhomme

Montaigne
- Essais

Morpurgo
- Le Roi Arthur

Musset
- Lorenzaccio

Musso
- Que serais-je sans toi ?

Nothomb
- Stupeur et Tremblements

Orwell
- La Ferme des animaux
- 1984

Pagnol
- La Gloire de mon père

Pancol
- Les Yeux jaunes des crocodiles

Pascal
- Pensées

Pennac
- Au bonheur des ogres

Poe
- La Chute de la maison Usher

Proust
- Du côté de chez Swann

Queneau
- Zazie dans le métro

Quignard
- Tous les matins du monde

Rabelais
- Gargantua

Racine
- Andromaque
- Britannicus
- Phèdre

Rousseau
- Confessions

Rostand
- Cyrano de Bergerac

Rowling
- Harry Potter à l'école des sorciers

Saint-Exupéry
- Le Petit Prince
- Vol de nuit

Sartre
- Huis clos
- La Nausée
- Les Mouches

Schlink
- Le Liseur

Schmitt
- La Part de l'autre
- Oscar et la Dame rose

Sepulveda
- Le Vieux qui lisait des romans d'amour

Shakespeare
- Roméo et Juliette

Simenon
- Le Chien jaune

Steeman
- L'Assassin habite au 21

Steinbeck
- Des souris et des hommes

Stendhal
- Le Rouge et le Noir

Stevenson
- L'Île au trésor

Süskind
- Le Parfum

Tolstoï
- Anna Karénine

Tournier
- Vendredi ou la Vie sauvage

Toussaint
- Fuir

Uhlman
- L'Ami retrouvé

Verne
- Le Tour du monde en 80 jours
- Vingt mille lieues sous les mers
- Voyage au centre de la terre

Vian
- L'Écume des jours

Voltaire
- Candide

Wells
- La Guerre des mondes

Yourcenar
- Mémoires d'Hadrien

Zola
- Au bonheur des dames
- L'Assommoir
- Germinal

Zweig
- Le Joueur d'échecs

Et beaucoup d'autres sur lePetitLittéraire.fr

www.lepetitlitteraire.fr

ISBN version imprimée : 978-2-8062-1075-3
ISBN version numérique : 978-2-8062-1929-9
Dépôt légal : D/2013/12.603/321